AF302291

L'Homme qui a séduit le soleil

FichesdeLecture.com

L'Homme qui a séduit le soleil (Fiche de lecture)

I. INTRODUCTION

L'auteur

Jean-Côme Noguès est né en 1934 à Castelnaudary d'un père espagnol et d'une mère française. Il grandit près de Narbonne, dans le Minervois et se passionne pour les livres. Puis il devient instituteur, professeur et proviseur dans un collège à Paris.

Il commence par écrire pour la jeunesse, il est l'auteur d'une vingtaine de livres dont plusieurs romans historiques tels que « Le Faucon déniché » paru en 1972. Actuellement à la retraite, il se consacre à l'écriture et à la recherche historique. Il va aussi à la rencontre de ses jeunes lecteurs lors d'ateliers d'écriture.

L'œuvre

« L'Homme qui a séduit le soleil » a été publié en 2008 illustré par Miguel Coimbrin. L'auteur met en scène un jeune mendiant de 14 ans, Gabriel qui va découvrir le théâtre avec Molière. L'auteur a été comédien lors de sa jeunesse, son dernier rôle fut Octave dans « Les Fourberies de Scapin »

II. RÉSUMÉ DU ROMAN

Nous sommes à Paris, Gabriel vit dans une vieille maison, il est très pauvre et dort avec des rats. La propriétaire, Catoche lui donne un peu de lait le matin contre quelques pièces. À son habitude, l'orphelin se dirige vers le Pont-Neuf. Il rêve de devenir comédien, pour gagner sa vie il fait la manche ou vend ce qu'il trouve et joue Picotin, personnage inventé par lui et pour lui. Au milieu des bonimenteurs, des baladins, des jongleurs et des docteurs miracles, il a deux amis, Amapola, une fille de son âge et Beppino, un Vénitien. Ils jouent ensemble des scènes de la commedia dell'arte.

À l'écart, un homme observe Gabriel sur le Pont-Neuf : « *Une mélancolie, que ne parvenait pas à effacer l'acuité du regard, donnait à son visage aux traits assez lourds un air de bonté, relevé d'un rien d'impertinence par une fine moustache comme en portaient les jeunes gens dont visiblement il avait passé l'âge. C'était un bourgeois, à en juger d'après sa chemise au col bouillonnant de dentelles sur un justaucorps de velours négligemment déboutonné* ».

Il s'agit de Molière, « le sieur Molière de la salle du Palais-Royal, de la troupe de Monsieur ». Après avoir apprécié ses qualités d'acteur, il lui propose de l'engager dans sa compagnie du Palais-Royal comme moucheur de chandelles. Gabriel, très surpris accepte, en effet son plus grand rêve est de jouer devant le Roi avec Molière.

Il découvre la vie de la troupe dans la grande maison qui dépend du Palais-Royal, près du Louvre. Il est émerveillé et rencontre les membres de la troupe, Madeleine, Geneviève et Joseph Béjart, la Du Fresne, les Du Parc, les De Brie et La Grange puis Armande. Il découvre les coulisses du métier d'acteur et assiste à tous les spectacles.

Il connaît tout sur la troupe, des recettes aux rivalités qui provoquent tensions et conflits au sein de la troupe. Le principal sujet de discorde est bien évidemment l'obtention des meilleurs rôles. Il découvre que le monde du spectacle est très contraignant, aussi bien pour les acteurs que pour les auteurs. En effet, il assiste à la rivalité permanente entre le célèbre Montfleury, le tragédien de la troupe de l'Hôtel de Bourgogne et Molière.

Le surintendant Nicolas Fouquet organise une fête dans son château de Vaux-le-Vicomte, le 17 août 1661, à laquelle il convie le roi et la cour. Molière doit écrire en urgence une comédie-ballet, « Les Fâcheux ». La troupe joue devant le jeune Louis XIV, qui s'inquiète de la puissance de son intendant, lui qui n'a pas encore Versailles. Gabriel fait partie du spectacle et réalise son rêve, jouer devant le roi.

Membre à part entière de la troupe, il est confronté aux conditions de vie de l'acteur au XVIIe siècle, mais aussi à partager les joies et les peines d'une troupe. Malgré le faste et l'émerveillement, Gabriel prend aussi conscience des sacrifices qu'exige ce métier, surtout lorsqu'on fait partie de la troupe de Molière. Face au mépris des acteurs, il comprend qu'il se réalisera en tant que comédien ailleurs. Beppino monte une troupe de théâtre avec Amapola et propose à Gabriel d'en faire partie. Ce dernier finit par accepter après avoir fait part de ses motivations à Molière. Ce dernier semble comprendre et Gabriel part jouer dans des villages loin de Paris.

III. ÉTUDE DES PERSONNAGES

Gabriel

C'est le personnage principal du récit. Au début du livre c'est un mendiant de 14 ans qui vit au jour le jour. Il rêve de devenir comédien, pour gagner sa vie il fait la manche ou vend ce qu'il trouve et joue Picotin, personnage inventé par lui et pour lui. Au milieu des bonimenteurs, des baladins, des jongleurs et des docteurs miracles, il a deux amis, Amapola, une fille de son âge et Beppino, un Vénitien. Ils jouent ensemble des scènes de commedia dell'arte.

Il découvre la vie de la troupe avec Madeleine, Geneviève et Joseph Béjart, la Du Fresne, les Du Parc, les De Brie et La Grange puis Armande. Il découvre les coulisses du métier d'acteur et assiste à tous les spectacles. Il découvre que le monde du spectacle est très contraignant, aussi bien pour les acteurs que pour les auteurs.

Le 17 août 1661, il réalise son rêve et joue devant le roi. Malgré le faste et l'émerveillement, Gabriel prend aussi conscience des sacrifices qu'exige ce métier, surtout lorsqu'on fait partie de la troupe de Molière. Il grandit au cours du récit.

Face au mépris des acteurs, il comprend qu'il se réalisera en tant que comédien ailleurs. Beppino monte une troupe de théâtre avec Amapola et propose à Gabriel d'en faire partie. Il part jouer dans des villages loin de Paris.

Molière

Contrairement à Gabriel ce n'est pas un personnage fictif. Jean-Baptiste Poquelin naît en 1622, c'est le fils de Jean Poquelin, un riche marchand tapissier. Jusqu'à l'âge de quatorze ans, il apprend le métier de tapissier auquel il est destiné. Puis il étudie au collège jésuite de Clermont, c'est un élève doué.

Ensuite il suit une formation juridique qui devait lui permettre de devenir avocat, mais son père obtient de pouvoir transmettre à son fils la charge de « tapissier et valet de chambre ordinaire du roi ». Mais le jeune Molière tombe amoureux d'une belle comédienne, Madeleine Béjart, dont la troupe accompagnait le roi. Il renonce à tous les privilèges et réclame à son père l'héritage de sa mère, pour s'associer à Madeleine, aux frères de celle-ci, Joseph et Louis, et neuf autres comédiens, pour fonder l'Illustre-Théâtre.

Cependant, ils jouent dans des salles presque vides et en tant que directeur de la troupe, il fut emprisonné pour dettes au Châtelet. Vers la fin de l'été 1645, avec quelques comédiens ils quittent Paris pour tenter leur chance dans le Midi. Ils rejoignirent la troupe de Dufresne. Ils rencontrent des troupes italiennes qui jouaient « la commedia dell'arte ».

Il retourne à Paris en 1658 et joue au Jeu de paume du Marais. Protégé par Monsieur, frère du roi, il joue alors devant Louis XIV. En 1659, il triomphe avec les « Précieuses ridicules ». Le roi installe Molière en 1660 au Palais-Royal, où il crée « Sganarelle ou le Cocu imaginaire ». Il est sacré par Baudeau de Somaize « premier farceur de France ».

En 1662, Molière épouse Armande Béjart. En 1673 Molière perd la faveur de Louis XIV. Il meurt alors qu'il joue le « Malade imaginaire ».

Au cours du récit, l'auteur tente de nous montrer les traits de caractère de cet auteur hors du commun, le lecteur comprend qu'il n'est pas facile d'être un comédien et encore moins un auteur à cette époque. Il doit composer dans l'urgence et s'attirer les faveurs du roi pour avoir des commandes et pouvoir présenter ses pièces à la cour.

IV. AXES DE LECTURE

Un roman historique

Un roman historique est un roman qui a pour toile de fond un ou plusieurs épisodes de l'Histoire. Au cours du récit, l'auteur utilise plusieurs figures historiques telles que Louis XIV ou encore Molière. En effet, l'auteur a fait des recherches historiques pour écrire ce récit qui se déroule à Paris au XVIIe siècle.

Le grand-père de Molière emmenait véritablement souvent son petit fils au Pont-Neuf voir les bateleurs et à l'Hôtel de Bourgogne voir du théâtre pour le distraire.

Ce siècle est marqué par le règne de Louis XIV, le Roi-Soleil qui a mis en place une monarchie absolue. L'époque citée dans le roman est celle au cours de laquelle le roi a décidé de gouverner seul et d'enfermer Nicolas Fouquet, le surintendant des finances. Son règne est caractérisé par l'apogée de la construction séculaire d'un absolutisme royal de droit divin. Il a une autorité absolue.

Louis XIV est également très présent sur le plan diplomatique, il mène plusieurs guerres pour agrandir le territoire de la France et démontrer ainsi sa puissance en Europe. Il met en place un État centralisé et absolutiste. Il ordonne la construction du vaste château de Versailles, qu'il veut à l'image de son règne, il crée une cour qui lui permet d'avoir une certaine main-mise sur la noblesse. Il réduit le rôle des Parlements, réprime les révoltes paysannes et décide de révoquer l'édit de Nantes en 1685 contre l'avis de beaucoup.

La fin de son long règne est ternie par l'exode des protestants persécutés, par des revers militaires, par les famines de 1693 et de 1709 et par de nombreux décès dans la famille royale. Lors de son règne, on a assisté à un prestige culturel de la France grâce à Molière, Racine, Boileau, Lully, Le Brun et Le Nôtre. La France a acquis une prééminence européenne économique, politique et militaire et le prestige de la France, de son peuple, de son langage parlé par les élites et dans toutes les cours d'Europe et bien sûr de son roi permet de parler du « siècle de Louis XIV », sur le modèle des siècles de Périclès et d'Auguste ou encore du « Grand Siècle ».

Être comédien au XVIIe siècle

Le statut social du comédien est peu enviable, leur métier n'est pas considéré comme un véritable travail et n'est pas valorisant. Molière a d'ailleurs rejoint la troupe des Béjart contre l'avis de son père. Les acteurs sont excommuniés, ils sont soupçonnés de vivre de façon dissolue, de plus les femmes peuvent monter sur scène.

D'ailleurs Molière est mort sans avoir abjuré son art, il fut alors privé des « secours de la religion ». Armande Béjart se rendit auprès de Louis XIV pour obtenir de l'archevêque des funérailles. Celles-ci furent quasiment clandestines, proches de la nuit. Dans l'acte de décès, il est simplement qualifié de « tapissier et valet de chambre du roi ». Cependant un cortège funèbre imposant accompagna Molière au cimetière St Joseph.

Au début du siècle, le théâtre est joué par des comédiens nomades et leur répertoire n'est composé que de pastorales. Ils se produisent dans les jeux de paume ou tripots, le public reste debout ou peut se mettre sur des marches dans le fond.

On distingue généralement les troupes de campagne à celles de Paris. Parmi les premières citées les plus connues sont celles de Molière, de Filandre et de Floridor. Celles-ci s'organisaient à Paris, durant la morte-saison des théâtres, après Pâques. La troupe est composée d'une dizaine de comédiens et se déplace à travers les provinces.

Il n'y a qu'une seule salle de théâtre à Paris : l'Hôtel de Bourgogne, occupée par la Troupe Royale. C'est Louis XIII qui avait permis à la troupe de prendre ce nom, ces comédiens jouissaient d'une situation officielle privilégiée. La Troupe Royale produit d'abord des comédies avec le Gros-Guillaume, Gautier-Garguille et Turlupin, puis des tragédies avec Bellerose, Floridor, Montfleury et la Champmeslé.

Au fur et à mesure, certaines troupes s'installent dans d'autres Hôtels de Paris : le théâtre du Marais avec Mondory, la troupe de Molière au Petit-Bourbon, puis au Palais-Royal, bâti par Richelieu et enfin la Comédie-Française en 1680 qui est une fusion des troupes de l'Hôtel Guénégaud et de l'Hôtel de Bourgogne par ordre du roi.

Louis XIV a ordonné des pensions régulières et des théâtres fixes, ce qui a été déterminant pour la production théâtrale du XVIIe siècle. De nomade, le comédien se sédentarise pour être attaché à une troupe.

D'ordinaire les troupes régulières se constituent et s'organisent assez librement. Les engagements se font par contrat et les comédiens se partagent la recette. Les comédiens désireux de se retirer pour raison d'âge ou de maladie reçoivent une pension à vie, payée par leurs camarades.

Le chef de troupe joue un rôle très important. Il interprète généralement les rôles-titres, recrute les comédiens, choisit le répertoire et en fait la promotion. Il est véritablement l'âme de la troupe. Molière fut le plus grand chef de troupe de son époque. Il s'attire à la fois les faveurs du roi et celles du public, composant des farces, d'élégantes comédies ou de somptueux ballets pour la cour.

Durant la première partie de son règne, Louis XIV a beaucoup soutenu les comédiens, puis sous l'influence de madame de Maintenon, il a cessé de les aider. On remarque qu'il est intervenu plusieurs fois en faveur de Molière, notamment lorsque la « cabale des dévots » fait interdire Tartuffe ou Dom Juan.

L'univers de Molière

Considéré comme l'âme de la Comédie Française, il reste de nos jours l'auteur le plus joué. Molière aime la jeunesse qu'il veut libérer des contraintes absurdes : « *Je ne sais s'il n'est pas mieux de travailler à rectifier et à adoucir les passions des hommes que de vouloir les retrancher entièrement* », et son but a d'abord été de « faire rire les honnêtes gens ».

Pour corriger les mœurs, Molière écrit plusieurs comédies, « corriger les vices des hommes en les divertissant ». Il tourne en ridicule les travers humains, « On veut bien être méchant, mais on ne veut pas être ridicule ».

Dans chacune de ces pièces il y a un message, il se moque du pédantisme dans « Les Femmes Savantes », des faux dévots et des crédules dans « Tartuffe ou l'Imposteur », de l'avarice dans « L'Avare » et des faux savants dans « Le Malade imaginaire ».

Molière élève la comédie au niveau de la tragédie : « *L'affaire de la Comédie est de représenter en général tous les défauts des hommes et principalement des hommes de notre siècle* ». À à travers l'ensemble de ses pièces, il entend lutter contre la médiocrité, l'inculture, la niaiserie, la prétention de l'ensemble de ces personnages du siècle, qui, par le hasard de leur naissance, se conduisaient en despote et en tyran. Il dénonce les rapports de domination, du bourgeois, du marquis, du dévot, du pédant ou encore du parvenu.

Il est en compétition avec les autres Troupes de la Capitale. En 1659, il présente « Les Précieuses Ridicules » qui est un triomphe. Il obtient ainsi du roi la salle du Palais Royal où il joue, en alternance avec les comédiens Italiens, jusqu'à sa mort. Il présente en 1669, « Tartuffe ou l'Imposteur » qui est encore un triomphe.

Auteur de trente-quatre pièces et de trois cent cinquante personnages joué plus de trente-cinq mille fois à la Comédie-Française. À la fois, comédien, directeur de troupe, Molière a révolutionné le théâtre comique français rompant avec la tradition héritée du Moyen Âge.

Dans la même collection en numérique

Les Misérables

Le messager d'Athènes

Candide

L'Etranger

Rhinocéros

Antigone

Le père Goriot

La Peste

Balzac et la petite tailleuse chinoise

Le Roi Arthur

L'Avare

Pierre et Jean

L'Homme qui a séduit le soleil

Alcools

L'Affaire Caïus

La gloire de mon père

L'Ordinatueur

Le médecin malgré lui

La rivière à l'envers - Tomek

Le Journal d'Anne Frank

Le monde perdu

Le royaume de Kensuké

Un Sac De Billes

Baby-sitter blues

Le fantôme de maître Guillemin

Trois contes

Kamo, l'agence Babel

Le Garçon en pyjama rayé

Les Contemplations

Escadrille 80

Inconnu à cette adresse

La controverse de Valladolid

Les Vilains petits canards

Une partie de campagne

Cahier d'un retour au pays natal

Dora Bruder

L'Enfant et la rivière

Moderato Cantabile

Alice au pays des merveilles

Le faucon déniché

Une vie

Chronique des Indiens Guayaki

Je voudrais que quelqu'un m'attende quelque part

La nuit de Valognes

Œdipe

Disparition Programmée

Education européenne

L'auberge rouge

L'Illiade

Le voyage de Monsieur Perrichon

Lucrèce Borgia

Paul et Virginie

Ursule Mirouët

Discours sur les fondements de l'inégalité

L'adversaire

La petite Fadette

La prochaine fois

Le blé en herbe

Le Mystère de la Chambre Jaune

Les Hauts des Hurlevent

Les perses

Mondo et autres histoires

Vingt mille lieues sous les mers

99 francs

Arria Marcella

Chante Luna

Emile, ou de l'éducation

Histoires extraordinaires

L'homme invisible

La bibliothécaire

La cicatrice

La croix des pauvres

La fille du capitaine

Le Crime de l'Orient-Express

Le Faucon malté

Le hussard sur le toit

Le Livre dont vous êtes la victime

Les cinq écus de Bretagne

No pasarán, le jeu

Quand j'avais cinq ans je m'ai tué

Si tu veux être mon amie

Tristan et Iseult

Une bouteille dans la mer de Gaza

Cent ans de solitude

Contes à l'envers

Contes et nouvelles en vers

Dalva

Jean de Florette

L'homme qui voulait être heureux

L'île mystérieuse

La Dame aux camélias

La petite sirène

La planète des singes

La Religieuse

À propos de la collection

La série FichesdeLecture.com offre des contenus éducatifs aux étudiants et aux professeurs tels que : des résumés, des analyses littéraires, des questionnaires et des commentaires sur la littérature moderne et classique. Nos documents sont prévus comme des compléments à la lecture des oeuvres originales et aide les étudiants à comprendre la littérature.

Fondé en 2001, notre site FichesdeLectures.com s'est développé très rapidement et propose désormais plus de 2500 documents directement téléchargeables en ligne, devenant ainsi le premier site d'analyses littéraires en ligne de langue française.

FichesdeLecture est partenaire du Ministère de l'Education du Luxembourg depuis 2009.

Plus d'informations sur www.fichesdelecture.com

© FichesDeLecture.com
Tous droits réservés
www.fichesdelecture.com

ISBN: 978-2-511-02943-5

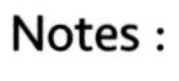

Notes :